정호승 시집
외로우니까 사람이다

# 孤独，所以才是人

[韩] 郑浩承 著　　[韩] 金明顺 译

**SPM**
南方出版传媒
广东人民出版社
·广州·

## 图书在版编目（CIP）数据

孤独，所以才是人 /（韩）郑浩承著；（韩）金明顺译. —
广州：广东人民出版社，2021.8

ISBN 978-7-218-15166-3

Ⅰ. ①孤… Ⅱ. ①郑… ②金… Ⅲ. ①诗集－韩国－
现代 Ⅳ. ①I312.625

中国版本图书馆CIP数据核字（2021）第156708号

图字：19-2021-183号

本书由韩国大山文化财团资助翻译及出版

GUDU，SUOYI CAISHI REN

孤独，所以才是人

[韩] 郑浩承 著　　[韩] 金明顺 译　　　版权所有 翻印必

**出 版 人：** 肖风华

**项目统筹：** 黄洁华

**责任编辑：** 李丽珊　李辉华

**内文插画：** 翁胜琼

**装帧设计：** 友间文化

**封面设计：** 河马设计

**责任编辑：** 吴彦斌　周星奎

**出版发行：** 广东人民出版社

**地　　址：** 广州市海珠区新港西路204号2号楼（邮政编码：510300）

**电　　话：** （020）85716809（总编室）

**传　　真：** （020）85716872

**网　　址：** http://www.gdpph.com

**印　　刷：** 广州市岭美文化科技有限公司

**开　　本：** 889毫米×1194毫米　1/32

**印　　张：** 4　　**字　数：** 10千

**版　　次：** 2021年8月第1版

**印　　次：** 2021年8月第1次印刷

**定　　价：** 49.50元

如发现印装质量问题，影响阅读，请与出版社(020-85716849)联系调捆

售书热线： (020) 85716826

写完《爱吧，死而无憾》，才又可以写诗了。

我们每个人，都是诗人

内心深处都深藏着诗

我只是帮人们汇拢这些诗，编著了诗集

但愿在您那片干涸的心灵上

这些诗流淌成一溪清流……

郑浩承

1998年6月

# 致中国读者

诗源于大众，属于大众。
诗超越身份、理念和国界。
正因为这样，我深感喜悦，
我的诗集能够在中国出版！

《孤独，所以才是人》是我
不惑之年的诗作。那时，正是令我
倍感孤独的人生时刻！爱也罢，不
爱也罢，我依然感到孤独。被爱也
罢，不被爱也罢，我仍然感到孤

独。那时，我豁然领悟：孤独乃是人之属性，比起费尽心思探究我的人生为何这般孤独，倒不如认同孤独是人的一种属性。因此，我便借用我至爱的水仙花来为诗化孤独这一人类属性而高歌。

但愿中国读者也能通过这本诗集认同孤独是人的属性，能以积极而肯定的态度去面对人生、捕捉人生。在我已出版的13本诗集当中，这本诗集被誉为读者最喜爱的代表作。纳入到这本诗集里的《致水仙花》《我所爱的人》等十几首诗已被收入韩国中学语文教材和文学教材里。

我深信诗能启迪人生、抚慰人生，但愿这本诗集也能给热爱诗歌的中国读者带来温馨的慰藉和喜悦。

郑浩承
2021年春
于首尔

# 译者的话

　　当今是一个数码时代，物质社会。人们都在忙忙碌碌，似乎诗歌被冷落得可有可无，在生活中很难感觉到诗的存在，即使这样，我们却难以否认心灵深处依然流淌着诗。诗情画意的氛围、如诗如画的景致、诗一般的爱情，想想，这些表露我们内心最美好感受的词汇，无不含有"诗"这一字眼。

　　就像郑浩承先生所说的那样：

实际上，我们每个人，都是诗人，内心深处都深藏着诗。

我要给大家介绍的就是这位郑浩承先生的诗集——《孤独，所以才是人》。作为译者，为了更好地解读这本诗集，我听取了诗人的一些演讲以及诸多相关评论，还跟诗人有过直接的沟通，对他的诗有更深的理解。

诗人叙述着人间的爱和孤独。他在述说"爱情也伴随着孤独"、"结婚也随伴着孤独"、"时而上帝也因孤独而流泪"，就是甜美的爱的另一面就是苦涩的孤独，也就是爱的热度越高，孤独的阴影就越浓。在于我们，也许爱是创造幸福生活的最重要的条件，也可以说是我们的人生全部。但爱的萌发却不是很合乎逻辑的，因此，爱的过程也不可能属于一个逻辑的范畴。也可以说，爱的行程就是遥远的孤独之行，因而孤独又会成为寻求爱的最迫切的动力。这样，寻觅爱的遥远的路途就是意味着遥远的孤独之行。

在这本诗集里小草、树木、花朵以及昆虫等，在诗人的笔下成为具有灵魂和情感的生命体，进入我们的内心深处，触摸着我们的灵魂。诗人以其细腻的情感去捕捉大自然内在的音律，奏响着美妙的旋律，在反复地质问着孤独和爱的本质究竟是什么。

　因孤独而抑郁，甚至走向自杀，也可以说现今社会的一个现象。在家，在单位，甚至在人群里，我们时时也会感到孤独。孤独也算是人类的一种属性。人类为什么会感到孤独呢？这是因为人类追求着爱，孤独来源于爱。韩国有首这样的歌《你是为了得到爱来到这个人世间的》。是的，我们每个人内心都渴望着得到他人的爱，期待着得到他（她）的爱，你却得不到，就会感到孤独。所以我们内心萌发爱的同时孤独也随之而来。爱可以说是人生中最重要的部分，所以人生中感到孤独也是自然的。 人生就是这样，不可能每天都阳光灿烂，如同西班牙的一个谚语"若每天都阳光灿烂，那么大地就会变成沙漠的。"在我们人生中如果只有灿烂的阳光照射，没有乌云的密布、阴影的笼罩，我们的人生是不是也会变成沙漠呢？反过来，我们又没有必要过分地担心是否要变成沙漠。即便在人生中我们要背离痛苦，只想追求阳光和享受，哪怕这愿望有多么强烈，但人生依然也走脱不了骤然袭来的狂风暴雨的痛苦，暴风雪的绝望。在某种意义上，我们人生的痛苦或绝望正式意味着生命的存在。如果一个人感觉不到任何痛苦，那就意味着生命的终结。我们活在世上谁都会孤独的，每当孤独的时候我们有必要以此安慰自己：孤独，所以才是人。

金明顺

2021年夏

# 目录

Contents

目录 Contents

**2**

### 3

目录 Contents

## 我爱你

端着碗行走在路上
口渴，用手指在河流上
划下了我爱你，饮下
骤然，乌云密布
数日，大雨倾盆
浊水滚滚而下
紫罗兰疼痛难忍，垂下了头
雨过
河边的紫罗兰抬起头来
凝视着河水
有具年轻的尸首漂流而下
被"我爱你"三个字拖住
不再漂流

1

## 我所爱的人

我不爱没有阴影的人
我不爱不爱阴影的人
我爱成为树荫的人
有了阴影，才觉得阳光明媚
静坐在树荫下
举目望那穿过树叶洒落的光束
啊，世界是多么美好！

我不爱没有眼泪的人
我不爱不爱眼泪的人
我爱成为一滴眼泪的人
没有眼泪，哪有喜悦？
没有眼泪，哪有爱情？
静坐在树荫下
擦拭他人眼泪的情形
该是何等静谧的美？

## 南汉江

冰封的南汉江畔
一叶小舟搁浅在那里
本想在结冰之前
驶向远方
梦想着遥远的大海
可如今却冻结在那里
爱慕小舟的南汉江芦苇
一夜间唤来了凌厉的寒冬
紧紧抱住小舟，哪儿也走不得
然而只有小舟不知道为什么

## 花落的黄昏

4

花要落，就会全落吗？
花要落，你连电话都不打？
花落了，我也未曾忘记过你
你深知落花心境
花落时分，孤独的人又何止你一个？
花落了，我也未曾忘记过你
花落的黄昏，我更是饥渴

# 石莲

岩石曾是一枝花
花也曾是一块岩石
那一天，你找到我
第一次握了我的手
我变成了一枝石莲
一枝永不凋谢的莲花

岩石曾是一滴眼泪
眼泪也曾是一块岩石
那一天，你离开我
松开了我的手
我又变成了一枝石莲
一枝凝望着你的莲花

## 水莲

难道，水是花的眼泪？
难道，花是水的眼泪？
水想离开花，不能
花想离开水，也不能
鸟想离开枝头，不能
眼泪想离开人类，亦不能

## 脚印

单看雪地上留下的脚印
便可知相亲相爱

单看雪地上留下的脚印
便可知那是一对情侣

看那留下的脚印
挽着手臂相依前行

看那留下的脚印
热烈地凝成一体
最终融化

单看雪地上留下的脚印
便可知相亲相爱

## 尹东柱的《序诗》

想要偎依在你肩上的时候
想要偎依在你肩上放声痛哭的时候
提前来到约你的地方倚窗而坐的时候
光芒忽然射进那扇窗的时候

翻阅尹东柱的《序诗》
迟迟看到信纸上你泪痕的时候
不明白你眼泪的消失，我毅然去往首尔的时候
鸟儿敲开浓雾展现沧海的时候
我在长项站搭上了火车

吟诵贫寒的尹东柱的《序诗》
有棵白橡树在摇曳，好似火车
所谓的活着就是爱吗？
所谓的爱就是活着吗？

## 正东津

一整夜，我们为何跨过太白来此？
一整夜，我们为何赶着凌晨来此？
卸下我们的火车，渐渐在海平面上滑落
我们各自凝神注视着凌晨的大海
太阳出来了
刚从海上冒出来的片刻，可以直视
但顷刻间便高高地跃出海面，刺得不可直视
我们何尝不是
谁能成为谁的太阳呢？
彼此成为彼此的阳光而已
彼此成为彼此的波浪而已
谁能成为谁的大海呢？
落进海里的火车再次浮上来，与海岸线并驰
此刻，在铁路近旁的海边，
我们挽着手臂情意缠绵地行走，即便如此
我们还能挽着手臂相伴到何时呢？

瞧，那棵朝向东海挺立的松树

瞧，悠然斜肩伸向大海的松树的心

正如昔日，你长发飘逸，依偎在我肩上，不也

这般恬静吗？

再瞧，那沿着海岸线悠长延伸的铁轨

一夜，毕生，火车之所以能够奔跑

不就是因为基于彼此保持的平行吗？

我们与其为成为一体而竭尽全力

不如彼此保持平行，让我们的火车奔跑

送走了火车，正东津每每孤身留下

送走了我们，正东津也不曾流泪

正东津红彤彤的晨海，在海平面上摇曳着手帕

好美啊，顷刻间你便化为被浪花打湿了的阳光

今天，愿一只纯情的海鸥能够爱上你！

## 脂松

第一次见到你
觉得你像是一棵脂松
像是透过交错的松枝
依稀可见的粼粼碧波

第一次见到你
我愿是你最美丽的松果
我愿是你最靠近大海的松枝
我愿是你最柔嫩的松叶

第一次见到你，之后
我才懂得独自一人是无法完美的
我才懂得彼此相爱才是美好的

## 为了海豚

若蔚蓝的大海里没有海豚
那就不是蔚蓝的大海
若心灵深处蔚蓝的大海里
不养育着一只海豚
那不可能是青春

若你不懂得
蔚蓝的大海之所以湛蓝是为了海豚
那你就不会懂得爱情

时而，海豚也跃出海平面
眺望月夜星辰
时而，我也为内心深处的海豚
仰望夜空繁星

您

要见您

去往首尔拘留所的路上，大雪纷飞照亮着夜路

雪花片片，美如穿梭雪地的小鼠的眼睛

您曾贴身入睡的墙面已变为路

在抚摸着那冰凉的树根的心扉

一天，见完您返回的路上

把十字架扔到了雪地上，为此我深感惭愧

离树而去的落叶，即将返回

越少拥有就拥有越多，树叶腐烂，更生发芽

您从不惧怕为付出爱而伤痕累累

鸟儿停留在树枝上和风摇摆

因为还爱恋着您

时而，晨星挂在树枝上闪烁

这源于深爱您的树根所藏有的静谧的愉悦

# 初念

唯恐爱的初念被夺走
朝阳升起，也不敢睁眼
唯恐爱的初念被夺走
夕阳落下，也不敢回家

## 那束花

你送给我的那束花
镶嵌在孤寂的地球上

每天我要去见你
从镶嵌着那束花的地球上
走过

# 忽然

忽然
想你
给你打了电话
城山浦海边安好?
愿如往昔
海平面上
我与你
同行

## 悬挂风铃

拜云住寺的卧佛
返回之时
在您的心檐上
系上了风铃
风遥遥刮来
听到铃声响亮
就当我眷恋之心
循声而来

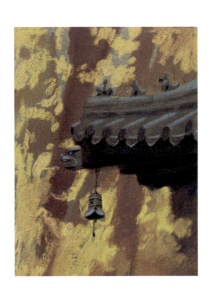

# 小雪

凡落到地面上的雪中
最美的雪当是小雪
它宛如初恋
淡淡地印下足迹

听母亲说每当她与初恋情人相会
都会下起小雪
他在心中刻下的足迹
宛如永远印在小雪上

## 最先下初雪的地方

最先下初雪的地方
是我与你初会的图书馆林间小路上
不对

是你初次拎下我重重的书包的
公共汽车终点站上
不对

是公共汽车终点站附近
梧桐树枝上面的燕窝上
不对

是你家那栋老楼的后山
开满婆婆丁的小狗的坟丘上
不对

是智异山的老姑坛上凋谢的忘忧草叶子上
不对

是孤独的仙人掌的尖刺上
不对

是奉天洞一个贫民区的少年的大便上
不对

是佛诞节你喝完酒呕吐的曹溪寺的小胡同里
不对

是武警手拿电棍守着的明洞教堂的入口处
不对

是道出我是你初恋的你的唇上
对，就是这儿

是表白你是我初次爱上的人的
我的唇上
对，就是这儿

21

## 坐在铁轨上

22

坐在铁轨上我向她表白了爱
坐在铁轨上我向她求了婚

此时遥遥传来了火车的声音
她一句话也没说

火车越来越近了
她一句话也没说

波斯菊焦灼不安地盯着我
我原封不动地坐在那儿

火车进入了我的眼帘
像是被惹怒的野猪喘着粗气冲破地平线
向我扑来

我没有站起来
白昼之月满脸惊吓
向日葵摇头呼叫要我快起来

我一动不动地坐在那儿
心想就这样死去也好

## 你不接我的电话

我在佛国寺钟楼附近
公用电话亭前，徘徊许久
给你拨了电话

释迦塔要塌下来了
掏出公用电话卡
排着队等了良久
再次给你拨了电话

多宝塔要塌下来了
再次掏出公用电话卡
给你拨了电话

青云桥要塌下来了
大雄殿要塌下来了
石灯的明火要熄灭了

我匆匆撂下话筒
直奔到钟楼
化为悬吊在铁丝上的钟槌

用力地击响钟声
你不接我的电话

## 进山

朝你慢慢走去
你进了山
朝你匆匆跑去
你进了深山

我坐在路边良久
竟感觉不到饿
盯着发蔫的苦菜花瓣
朝自己慢慢走去

路一望无际
鸟儿飞离地面挥洒的眼泪浸湿了路
我顺着眼泪走去
便成了你进山的山谷

雪化为水
你要从山上下来时
我变成你的深谷
助你飞流直下

# 后悔

跟您同去落花岩时
为何没牵着您的手跳下化为白马江?

跟您同去万丈窟时
为何没有一直走到洞的尽头而抵达西归浦前海?

跟您同去天马塚时
为何没有骑着天马在空中翱翔?

跟您同去感恩寺时
为何没拉着您的手进入感恩寺的石塔里?

跟您同去云住寺
晚霞染红天际时

为何没躺在卧佛的一旁
变成星星偎着您?

## 流星

流星滑落的顷刻
我在想着你
你怎会知道

仰望滑落流星的顷刻
我在想着你的眼泪
你怎会知道

我变成你的泪而流下
你怎会知道

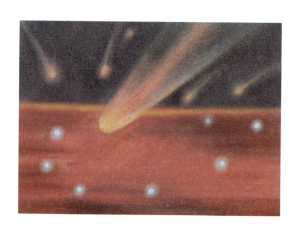

# 梦

有一个雪人来找我了
雪停，十五的月亮高高在上
有一个雪人在院外敲着门不停地叫我
我打开前院的灯，光着脚跑过去开了门
一个看似害羞、两颊彤彤的雪人
递给我一封信便悄然离去
她到底从何处连夜赶来？
从天安的丁字路口走来的吗？
拆下信封，月光抢先读起信来了
我曾想过跟您结婚
这句话我一定要说出来

## 针对绝壁的几点忠告

遇上了绝壁，你不要再成为绝壁
要成为绝壁之下的一片大海
要成为落在扎根于绝壁边缘
那颗松树枝尖上的鸟儿

遇上了绝壁，你不要再成为绝壁
要成为拼命爬上绝壁的蚂蚁
要成为蚂蚁瞭望的海平面

谁的心中都藏有一面绝壁
非要爬上去不可
非要爬下来不可的
一面孤独的绝壁

## 关于海边

谁都想拥有一个只属于自己的海滨
谁都想拥有一个随时可去的
只属于自己的海滨
想听沉睡的地球静谧的呼吸声时
想听小鸟儿在地球上轻轻的脚步声时
想跟鸟儿一起在海平面上走时
只恨自己未能为朋友献出生命时
搂抱着受屈流泪的母亲一起哭泣时
在插完秧的水田坝上
找到母亲自尽掉落的一只瓢鞋时
只想点上蜡烛向着海空苍月
挥着泪顿首磕头时
只想沿着海岸线不停地奔跑时
谁都想拥有一个属于自己的海滨
要在属于自己的海滨奔跑到倒下

## 树木的婚礼

若我有个毕生都不想放弃的愿望
那就是被邀请到树木的婚礼上
能美美地朗诵一首贺诗

若我有个要毕生去实现的愿望
那就是雨水过后，在树木结婚之日
悄悄地成为一轮圆月高悬空中
整夜窥视着树木的新婚之夜

故，假若我生前再有一个愿望
那就是春天山寺钟声缭绕的清晨
敬请一位明眸大僧
给树木举行一场婚礼

## 致水仙花

不要哭

孤独，所以才是人

活着就要忍受孤独

不要徒然等待永远不会打来的电话

下雪就走雪道

下雨就走雨道

黑胸鹩也在芦苇丛瞧着你

上帝也时而因孤独流泪

鸟儿挂在枝头是因为孤独

你呆坐在河边也是因为孤独

山影之所以一天一次来到村中也是因为孤独

钟声之所以在空中缭绕也是因为孤独

## 关于结婚

愿您跟这样的人结婚
为相逢真诚祈祷过的人

愿您跟这样的人结婚
珍藏着春天在野外采的艾蒿和荠菜的人

愿您跟这样的人结婚
调兑大酱做艾蒿汤而自感欣慰的人

愿您跟这样的人结婚
含情脉脉地给您剪下那因值一周夜班无暇修
剪的指甲的人

愿您跟这样的人结婚
鼻尖上冒着汗仍拿着辣酱拌着大麦饭吃得津
津有味的人

愿您跟这样的人结婚
拾掇着思念妈妈的小狗拉下的粪便也不嫌脏
的人

愿您跟这样的人结婚
时而怀抱着树木自己也成为树木的人


愿您跟这样的人结婚
要给疲惫的星星提供小憩之处解下胸扣的人


愿您跟这样的人结婚
时而关下电灯在烛光下朗诵诗集的人


愿您跟这样的人结婚
至少珍藏着一枚金黄色银杏树叶书签的人


愿您跟这样的人结婚
夜幕降临之时会倾听地上虫鸣的人


愿您跟这样的人结婚
时而深夜向您诉说因爱上了你而感到歉疚的人


正如结婚必要的是爱，爱必要的是结婚
爱一个人就意味着去理解一个人
结了婚有时也难免会孤独的

## 戒指意味着

要为相逢而祈祷
要感谢这一相逢
要像起初那样美好
要像开始那样至纯
要自始至终保持初衷
自始至终不要失去初衷
爱情也伴随着孤独
结婚也随伴着孤独
不要为花谢而流泪
要让自己成为花朵
要像起初那样贫寒
要像开始那样永恒

冰雹

天上究竟有何悲痛
又是谁受冤屈而死?
泪水都变得如此坚硬
成为雹子下到白菜地上
我愿化为满身洞口的白菜叶
拥抱着落下的雹子直打滚
想着这是天上姐姐的泪珠
想着这是天上母亲的泪珠
直到全身酸痛
直到洞穿全身

## 蜗牛（1）

下雨
是春雨
不带伞
一直前行
谁在身后
静静地
举着伞
蓦然回首
见是蜗牛

# 蜗牛（2）

虽然我的心软弱壳却坚硬
虽然我的壳脆弱心却坚强
如同人不孤独不上路
蜗牛也是不孤独不上路

残月冰如鹅卵石
我的路何时已被小草浸湿
一个人手提着水壶脚踩着晨露
在我前行的路上迎面走来

这是无辜的少年
毫无察觉地踩我而过
或许当我是晨露？

## 蝴蝶

44

是谁的孝幛？
是谁的灵车？
一只蝴蝶飞越太白山脉
坐落在束草海盆的
三角浪尖上

# 蜻蜓

蜻蜓的翅膀上吊着一轮昼月
蜻蜓的翅膀上吊着一弯新月
母亲迎晨曦起来淘米焖饭时
蜻蜓的翅膀上结下了晨露
酱缸墩台用初井的水润喉

## 蚂蚁（1）

蚁群在月光下爬行
所有未曾入睡的蚂蚁全到江边
齐刷地磨起刀来
各自掏出匿藏于内心空处的刀
刻不容缓地磨起来
月光潺潺
江水悄悄
蚁群齐刷翘起刀尖
刺向自身的脖颈

# 蚂蚁（2）

有一只蚂蚁
拖着一只死蚂蚁

有两只蚂蚁
拖着一只死瓢虫

有五只蚂蚁
拖着一只死蚯蚓

有十只蚂蚁拖着枯叶
掉到了江里

又有一只蚂蚁
拖着一具尸体

疑是我的死尸

## 板栗幼虫

48　　冬天，夜晚，窗外在飘着雪
　　　见煮熟的栗子里有只死幼虫
　　　就像死胎可怜地卷着身躯
　　　幼虫一声不响

　　　自那天起我不再吃煮熟的栗子
　　　我怕有谁要把地球当栗子煮着吃
　　　我会像幼虫这样死去
　　　高举油灯向板栗祈求宽恕

## 擦净树叶

瞧，雷雨擦拭树叶而去
瞧，细雨擦拭树叶而去
瞧，春雨擦拭树叶而高兴
瞧，高兴着回去甜甜地入睡
我们擦拭着树叶上的灰尘
身躯便成为一片树叶
身躯便成为一片蓝天
人生一次也为擦拭树叶
就这么死去将是多么凄凉？

## 来自小鹿岛的信件

伸开虚无的双臂拥抱你
迈出虚无的双脚走向你
野山茶树上开着野山茶花
在海上明月当空的夜晚
用虚无的双手拾起片片花瓣
一片又一片放在海上，收下吧
用虚无的双臂搂抱着腰
用虚无的双脚游荡在海边
沿着花瓣阔步走来吧

# 米雪

不是来
是莅临
不是下
是降临

因为好像母亲
用米瓢从米缸
舀出的大米

因此地球上
不会再有
饥饿的人

## 梧桐岛

52　她今天也没有来过
　　说是思念于我
　　即使坐上末班列车
　　也要赶来
　　信中如此说道
　　然而
　　只有梧桐岛到达首尔站
　　只是充斥着山茶花的香气

## 妒忌

秋天的细雨
偏爱着落叶
我妒火中烧
便成为落叶
满地打滚
直到细雨止住

## 秋天

请您不要回首
回首的面孔无不惨淡
请您不要回首
智异山的山陵掏出手帕在拭泪
人生的乞丐只是背靠智异山
暂时成为秋天而已
请您不要回首
至今谁也没有变成智异山

## 沙漠

雨水飘落

田野尽情畅饮

野花五彩缤纷

雨水飘落

沙漠贪婪吸允

沙漠依旧是沙漠

只知道收取

不知道分享

会更加干枯

初夏

人间沙漠

## 穿过树叶

要穿过树叶走过去
凡敌人都曾是友人
不穿过树叶走过去
我们何以面对死亡？
悄悄地扔下刀
世上所有乞丐
都要穿过树叶走过去
不穿过树叶走过去
我们的泪水何以变成阳光？
我们的伤疤何以变成一片嫩叶？

# 凌晨

凌晨风声呼啸
铁道处处可见折断的波斯菊
一只小狗
在铁道上拉着屎突然仰望星空
所谓死亡就是
思念却无法相见
火车如同流星一样消失
狗也在思念着妈妈

## 娃娃乞丐

58　　妈妈说冬天很冷
　　　可我因为有妈妈感到温暖

　　　妈妈说今年冬天很孤独
　　　可我因为有妈妈不觉得孤独

# 怀念的声音

搂抱着大树
悄悄地将耳朵贴近
树里传来母亲的声音
有一天母亲围裙都没拿掉
就来到漆黑的胡同口叫我：
浩承！回来吃饭！
传来了我所怀念的母亲的声音

## 蟋蟀发过来的一封短信

不要哭了

妈妈去世

都多久了

第一次见过

像你这么能哭的孩子

每到秋天

夜深了

冲破芦苇丛

明月当空之际

我不是在替你

这般哭叫嘛

# 心中屎

儿时在松树挺立着的田野中
见爸爸似的雪人孤零零地站着
我便轻轻地蹲在雪人旁边
拉上一坨屎就回屋酣睡
那天晚上在梦中也下起了鹅毛大雪
我拉的屎竟变成片片雪花熠熠发光
如今在哪儿也寻找不到一块能拉上屎的田野
寻不到一个如同爸爸孤独而可亲的雪人
我拉不出一大堆心中的屎
感到孤独而凄凉

## 鸟儿不建棚顶

鸟儿不建棚顶
为的是睡觉时也让雪落在身上
为的是睡醒时也能仰望星星
为的是孤独地滑落的流星
为的是那些想看流星的嫩枝
鸟儿不建棚顶
有时让孤独的昼月歇歇脚
有时让蒲公英的种子歇歇脚
有时接下上帝怜悯人类的眼泪
劝您早晨早起瞧一下鸟窝
瞧瞧那些在深夜滑落的流星打着呼噜酣睡
瞧瞧深夜里上帝流下的眼泪
如同晨露静静地结在羽毛上

## 凌晨的诗

到了凌晨我才明白
树叶本是树的眼泪
鸟屎本是鸟的眼泪
母亲本是人世的眼泪

到了凌晨我才懂得
树根之间纵横交错
是多么令人感激的事
鸟儿不嫌我们的房顶脏
飞过来拉屎
是多么令人感激的事

到了凌晨我才懂得
到了露宿街头的流浪者
醒来思念母亲的凌晨
我才懂得了眼泪的恩惠

# 用手指写的字

我在走山路
在白白的雪上解手
好舒服啊
尿流好粗好冲啊

松鼠见我解手
嗖地爬上栎树
把尾巴翘得高高的
直直地盯着我

我匆匆提上裤子
就在白白的雪上
用手指写下了字
松鼠，对不起！

## 鸟屎

春季里的一天
我哭醒了
忽然循着鸟儿的足迹走来
足迹穿过刮风的小巷
越过树枝
来到毫无遮掩的鸟窝
我如同坐在鸟窝里的雏鸟
等到黄昏时分
鸟妈妈刁来虫子喂食
我便大口吞食
这样春天过去了
随后秋天也过去了
我竟吃着人吃的米饭
也拉着鸟屎

## 谈谈自杀

窗前雪花飞舞

不知何时潜入屋中

静静融化

人之死何尝不是这样

无需为我的鹅毛大雪举行葬礼

雪后阳光重新映入窗帘之时

片刻间回想起母亲就行了

曾经我也比起正义更爱母亲

曾经也为了守住泪水的纯净而流泪

无需因我的死去而聚集亲友

若我的死去能抚慰你的心

只爱过你一个人的我的死去

若能给你带来愉悦

飘雪的那天

我会在你窗前坐下片刻就走

## 钟声

听说人在离世之时

会奏响一次美妙的钟声

听说鸟儿死去时

也会冲着蓝天

奏响一次清亮而美妙的钟声

唯恐我瞑目时

却无法奏响一次美妙的钟声

只是在雪地上滴下几滴血

听说小草离去时

都会留下悦耳的钟声

## 满天星

你到底活得有多善良
你到底活得有多清净
死后依然保持着原样
玫瑰枯萎之时会掉下头
人死之时会张开嘴
看你活着与死没有不同
世间的母亲离别之时
但愿如此
我们别离时
但愿也要如此

## 春雨

母亲在酱台上
上一碗井华水向月亮祈愿
正月十五孤独的狗在吠叫
母亲点上蜡烛向月亮祈祷时离去
井华水旁边那根没点完的蜡烛
雨水节气过后
被春雨润湿了

## 岁寒图

有人说在永登浦站附近的小胡同
有人说在免费伙食服务所
见过爸爸
为了寻找爸爸一冬都在首尔流荡
被送进了东部市立医院
在那儿一天就能看见好几个流浪者死去
回来后蹲坐在爸爸那空荡荡的房门前
门前有棵老松树悠然地在雪中伫立
风凉月寒
下到松枝上的雪再无处可下
爸爸年轻时插完秧照的
褪色的照片旁
挂着的岁寒图里
有只鸟儿飞来坐下，好冷

71

# 井

路过此地俯视深井

昼月被谁投入变成新月

路过此地又俯视深井

见母亲头顶包袱

孤身一人上火车

出门返回的路上再次俯视了深井

见到你在和平市场灰暗的白炽灯下

停下手中的缝纫机

望着我发愣

为了见你我跳入井水

母亲解开包袱

给我拿了几个蒿糕

只传来缝纫机声

你却不见

# 圣衣

子夜已过
地铁站入口的台阶下
有一束冻玫瑰
丢弃在自动取款机旁边
有位女子在那个角落
铺上方便面的纸盒
怀抱着两个儿子
平静地睡着
连飘荡的落叶都见不到
去年秋天她是在何处露宿的呢?
她全身披着褴褛的衣裳
擅自成为了首尔的监牢
这个连扇窗户都没有的女子
冷得醒过来脱下裹在身上的
一件又一件衣服
给儿子套上又接着睡去
子夜已过
是在下第一场雪的
地铁站入口

## 黑苦菜花

春天到了

要回首尔已经太迟了

如同整夜敲打酒桌而折断的木筷

我的青春破碎了

现在我心中的影子都衰老了

在人影之间穿梭的鸟儿

都不见了

在古汗站火车都不停了

熬着夜扒掉我牛仔裤的矿夫

都流散到何处变成了凌晨

矸石堆上落下晨露

灿烂的废矿的早晨

患上尘肺病的一只狗

咳嗽着路过一家卡拉 OK 旁边

有一枝半开的黑苦菜花

在凄凉地微笑

# 我的侄女阿达达

我那在奉天洞贫民区
安置新房的侄女阿达达
如今孩子都上小学了
我兜着几个橘子初次拜访她家
见到了默默用手势交流的母女俩
她们的手汇成清澈的溪流
宛如树叶漂浮而下
吃着阿达达做的
放有圆葱片和猪肉条的嫩豆腐汤
感觉世上最恬静的天空
像圣诞节一样降下来盈满房间

去医院做一次听力检测
曾是阿达达的心愿
可她戴上了助听器
也只能勉强听到
静夜远处传来的狗叫声
因此阿达达安装了信号灯

它如同圣诞树上的小灯泡
按下门铃灯就闪烁
见到灯亮她就冲出去开门

孩子的爹干着贴瓷砖的活儿
他只以微笑默默地打了个招呼
他今天又从哪个新区公寓的工地
贴完瓷砖回来的呢？
我吃完阿达达做的豆腐汤
手端着一杯浓甜的咖啡出了门
紧紧地握了握阿达达稚嫩的小手
对她说过日子就像勤快的双手一样就行
从奉天洞山丘走下来的时候
阿达达的手始终跟我絮着话

# 冬天的汉拿山

一群盲人在登汉拿山
手拄着白色的拐杖头顶着白白的雪
他们要去看汉拿山上的白鹿
让人联想到幽兰花花梗的按摩师金小姐
还有整天吹着口琴穿梭在地铁上的金先生
还有在国立首尔盲人学校教国语的朴老师
都在一步一个脚印地迈向汉拿山顶
踏雪的声音好清亮
白色的拐杖在飘扬的白雪中划出了一道亮线
此时我愿成为让他们踩在脚下的雪
第一次感觉到让人踩着竟这么舒服
顺御里目下来的鹿群也跟在后边
不知何时城山浦也跟着上来了
白鹿也匆忙迎下来与其握手
西归浦的前海瞬间映入眼帘

## 上路的少年

罗州南平火车站夕阳西下
照射晾晒在车站院内的红红的辣椒
低速行驶中的列车缓缓地屏住了呼吸
再见了！甲虫、水黾！
听人说整天在地铁吹着口琴游荡的
盲人爸爸杳无音讯
听人说在踏十里做保姆的妈妈也毫无消息
再见了！萤火虫、苍鹭！
我背着姥姥也偷偷地走上了去首尔的路
傍晚列车上载满了阳光
像是少年路上
那孤独的秋天

# 夜雪

坐上末班车在大峙站下车
冬天比末班车早到那里
变成夜雪飘落着
我在银马公寓漆黑的小胡同里走着
伸出舌头来接住雪吃
好像吃着神父递过来的圣饼一样
有个少年在那薄弱的肩上
扛着荞麦凉粉箱子从我前面走过
他伸出脖子冲着已熄灯的窗户
喊着："卖荞麦粉儿了！卖糯米糕了！"
是个老成的少年
雪花迎着保安灯灰暗的光亮飞扬
没有一人喊住少年
只有少年的喊声
被卫星天线截住而消失
夜幕中依稀可见到那收看
《致命诱惑》的点点光影
只见少年肩上夜雪堆高

## 像垃圾桶一样

我曾像垃圾桶一样蹲着流泪

就像在钟路胡同里的垃圾桶一样

曾被冬雨整日拍打

也曾被冬雨浇成垃圾桶

赶上星星都藏起来的夜晚

人们就冲我吐唾沫或是走过脚踢

有个女人还偷偷地蹲在我旁边撒尿

有时遇到迷路的小狗一直趴在我身边睡觉的

夜晚还是很美好的

我愿成为能够滋润世上所有根须的眼泪

因而那些狗流下的泪水对我来说便是很大的慰藉

赶上狂风呼啸的夜晚

他乡的垃圾桶一个个滚到我旁边来

饥饿的垃圾桶增加得越多

垃圾桶之间越是能够彼此分享体温

垃圾桶之间越是能够彼此分担孤独

为此我感到高兴

# 街头

我离开家流落街头
是因为翱翔于蓝天的云雀暂留在街头
我离开家流落街头
是因为乘春风飘扬的苦菜花种子掉在街头
最终扎根于此
我离开你非要流落街头
是因为能够遇到那蹲在街边
如孩童般哭泣的纯良之人
我离开你流落街头睡在蚁穴里
是因为蚁穴中那个彻夜明亮的小灯
我顶着雪流落街头默默地等待
是因为想在被雪覆盖的街头印下无数的
小鸟脚印

## 凌晨的紫菜饭卷

黎明破晨曦
阳光穿梭在树叶间熠熠发光
是谁在五体投地地叩拜树叶？
见已故的妈妈仍是含着泪述说
韩石峯至今还在树叶上练着字
你也要好好儿地在树叶上练字
凌晨的钟声传来了
阳光穿过钟声闪闪发光
是谁在五体投地地叩拜钟声？
我毅然把刀扔在山下
朝着生下来就被丢弃的那条路出发
身上带着妈妈做的紫菜饭卷
为的是再一次被丢弃在路上

# 我的舌头

有一阵儿我曾期盼过
自己的舌头成为鸟的舌头
也曾期盼过自己成为
穷苦朋友沉默的静香
真可笑
我那不曾流汗的舌头
现在我只愿它被撕裂
撕裂之后在路上爬行
遇到泪水就舔舐几滴
遇到蜗牛就行下大礼
遇到牛粪就舔舐几下
雾蒙蒙的夜幕降临到山前
母亲弯腰烧炕的时候
我不如进到牛槽等待死亡
有一阵儿我也曾期盼过自己的舌头
愿为真实的馨香

## 为了活章鱼

即使在山村的小胡同里喝上酒
也不要再吃香油拌的活章鱼
章鱼被切断的腿
在旧塑料碟子上扭动的时候
大海该有多么沮丧！
我们把章鱼的腿放进嘴中
咀嚼的时候
大海会跳下
多少个悬崖绝壁！
章鱼也要有风度地死去
章鱼临死也念着大海
全身被切成一段一段
章鱼还是竭尽全力地扭动
这是为了最后
再看一眼它的母亲——大海

## 冬天的蜻蜓

江边雨雪纷飞，蜻蜓
落在干涸的芦苇草尖上
听到孩子们在呼唤"妈妈"
可它却束手无策
大江刚结下一层薄冰
几个孩子要从冰面走过
掉入江中，垂死挣扎
蜻蜓眼见这一切
也只能坐在芦苇尖上抖抖翅膀
它多么希望再回到去年秋天的蓝天下低低地
盘旋
能使尽全力地把孩子们拉上来
然而它只能在寒风中颤栗
只让芦苇草抖动了几下而已
人们冒着雨雪划着渔船

在河床深处搜寻着孩子们的尸体
可他们接连地返回江边点起篝火
已经把虾条当做下酒菜抢起手中烧酒杯
蜻蜓看到这一切也只能卷起几下
丝线般的尾巴而已
男人们有的在往江里投烟蒂
有的只是一个劲地喝着闷酒
在这些男人旁边却见女人们失神坐在地上
喊叫着孩子们的名字哽咽着
蜻蜓目睹着这些只恨自己不如死
除了解下一冬缠绕自身的阳光
暂时当成围巾给她们围一下
要不愣愣地盯着雨雪心甘情愿地
投进啪啪迸出火花的篝火里
它什么也做不了
为此蜻蜓感到悲哀

# 木槿花

木槿花开了而儿子死了
红喉歌鸲胸上流淌着血
一只白蝴蝶掉下眼泪飞走了
我倒在高速公路的隔离墩上睡着了
沉醉的心被撕成一条条蜥蜴跑掉了
幸好凌晨时春雨来了
儿子可真是个混蛋
顶着春雨匆匆逃到首尔
死了竟然也不知道自己为什么而死
儿子是这样的混蛋
我捡起一颗烟蒂点燃
再次倒在高速公路的隔离墩上
不曾凄凉谁还会抽烟
虽我心中无处安葬儿子
可哪有不宽恕儿子的爸爸
雨后的高速公路雾气弥漫
有辆旧卡车掉下几根儿青菜跑掉了

## 秋天的瀑布

你饮酒后，就撂下杯子去看看秋天的瀑布吧

赶上树叶凋落，秋天的瀑布就会进入更深的
山里

躺在孤独的山雀尸体旁边静候着变成第一片
雪花

你酒醉后，就撂下杯子去见见秋天的瀑布吧

我们心中悦耳的流水声何时悄然消去

只剩下对人生指手画脚谩骂声在此泛滥

有一条心灵饥渴的鱼

蹦出瀑布在蓝天里扑腾着

你酒醉后，就撂下杯子去投进秋天的瀑布

直流的瀑布也变成细丝挥舞荡漾

夜晚使之更加耀眼灼目

弯弯的月牙也嵌在秋天的瀑布上

## 爸爸们

爸爸就是一间欠了三个月房租的地下室
你们要找间阳光明媚的房子离开这儿
爸爸就是在早晨上班路上被人丢弃的
人行道上的一只破鞋
你们要买双新皮鞋穿上它随时离开
爸爸就是刷油漆时戴的破旧手套
清洗几次后丢失了也不会想找回来
爸爸是丢在大排档乌冬面碗边的空酒瓶
你们不要像空酒瓶那样从酒馆里出来就倒下去
爸爸就是到了冬天才拿出来穿的大衣
那兜中不知何时放着的几枚硬币
这些硬币你们也可拿去买个碗面吃
爸爸可是悬挂在墙上突然掉下来摔坏的挂钟
你们可不要再毁坏人生的钟表
爸爸可是三流影院的破椅子
是年轻的情侣们轮流咀嚼后
贴在那把椅子上的泡泡糖
你们要为了对方成为干净的椅子

爸爸就是城市附近小山上的枯木
春天要是不来就把我砍掉取暖
爸爸就是被丢在路上漏出红豆馅的鲫鱼饼流
下的泪水
你们要懂得感恩的泪水给予的恩赐
爸爸可是飘荡在地铁里的灰尘
是这班列车的终点站
你们要带上你们的东西回自己的家
爸爸现在就是无法兑现的约定

## 药岘教堂

流落在首尔火车站的一个流浪者
爬进中林洞的药岘教堂里
用打火机点燃窗帘时
教堂被火焰笼罩时

救火啊！
等候春天来临的紫罗兰
在土壤里呼喊

再苦苦地呼喊
圣母只是盯着火焰
天棚塌了，钟塔倒了
圣母还是一动不动

火熄灭了
人们望着倒塌的钟塔
做着弥撒说
当初就不该给来教堂的
那些流浪者供饭吃

那时紫罗兰听到了
从倒塌的钟塔传来的
教堂钟声
不要恨他们
未能好好照顾他们的
我们责任更大

## 五饼二鱼

下着骤雨的一天
有两条鱼在首尔站广场上扑腾着
疑是谁放这儿的
还放着装有五个热乎乎的大麦饼的篮子
像摇曳的破塑料一样走动的流浪者们
一下子冲上来了，鞋子都掉了竟没察觉
就这样首尔站成为了一张大饭桌
虽阳光炙热但不见鱼变少
大麦饼怎么吃也吃不完
夜晚镶嵌在首尔站钟塔上
那饥饿的月牙也排上长长的队
分到了饼和鱼来吃
人们都嚷嚷着今夜的月光格外美丽
自从那时候开始一到夏天
首尔站广场就会下起一场骤雨
冒着骤雨
修女们提着盛有饭和汤的大桶
急步赶到
首尔站地下通道中的流浪者伙食供应站
夜空整夜高悬着彩虹令人心醉

# 首尔的圣人

你若是今天也觉得自己很不幸
现在就去首尔教大地铁站看看
你若是觉得这个世界上唯有你自己这么不幸
就去见见聚在首尔教大地铁站的那些盲人们
在昏暗的地铁站通道尽头
有的把手放在破旧塑料包里数着一百块钱硬币
有的唯恐让人瞧见把身子躲在地铁站柱子后面
连水都不喝就把紫菜饭卷大口大口地塞进嘴里
有的拿出手帕精心地擦拭着口琴
有的戴着墨镜手拄白色拐杖弯腰站着等火车
来见见这些首尔的圣人借以慰藉吧
在灰尘扑扑的凉风中吃完紫菜饭卷
一个接一个地乘上开往鸥波站的电车
用白色拐杖敲打着同时又吹起了口琴
吹着吹着自己也变成孤独的口琴
他们全是抚摸人心的圣人
何不去见见他们以求慰藉？

## 特蕾莎修女的微笑

时逢八十七岁的生日
特蕾莎修女站在了
印度加尔各答仁爱之家宣教会总部大楼的
天台上
她在向前来为她贺寿而聚集的宾客合手致谢
特蕾莎修女微笑的照片
登在了《东亚日报》的头版新闻上
我吃早饭时把照片看了又看
特蕾莎修女那凹陷的嘴角上
流露出羞涩的微笑
让我联想到我那九十岁离世的庆州外婆
那微笑毫无二致
一辈子在瞻星台前的菜园锄草
在半月城田野里采蒿的外婆的笑容
因此我细心地剪下那张照片
贴到我作诗用的桌子的前面
同时再次回想起外婆的告诫：
真正的爱是伴随着痛苦
不要害怕受伤停止去爱
爱的果实是不分季节的

# 解说·伴随爱与孤独的远程

洪容熹（文学评论家）

　　您看过电影《雪人》（The Snowman）吗？这是一位中年男子回顾他少年时代所经历的大雪天的故事。蜡笔画风格的动画片展开了回忆的世界：一个少年正坐在他创造的雪人的摩托车上，划破了被白雪笼罩着的寂静而神秘的夜晚。在静谧的冰雪王国里，兔子、松鼠、马驹和鸟儿都从睡梦中醒来加入到少年和雪人的队伍。雪人牵着少年的手，从梦幻缠绕的大地腾飞而上，在夜空的森林里翱翔。"孩子们朝天呼唤，然而无人回应"这清亮的旋律在空中回荡。

　　这部电影向我们展示了一个富饶而浩大的世界，而这个美妙的世界是以少年纯洁的心灵与大自然细腻的旋律交织所构建出来的。少年本身便是大自然，既是白雪又是野兽。因此他能用身体去感受那些成人所看不见、听不到的深藏于大自然的风景和鸣响。

　　少年之所以能与雪人成为朋友，分享至

97

深的情感世界，是因为他拥有雪人般圣洁的心灵。也许郑浩承先生作诗的灵感就源于少年这般的世界。恰如他的另一本诗集《首尔的耶稣》里的《雪人》，诗中的少年拥有至洁的灵魂，能与雪人交心，并赞美其情感的自我。

凌晨人们还在睡着觉
街上有个雪人深藏一把刀
披着停下的雪挺立在那里
雪人掏出藏刀，在雪上磨起
遥遥招回一个星光印在刀刃上
流着泪再放进了怀里
要给丧失勇气的人找回路
流着泪唤回世人的回忆


（中略）


阳光明媚的早上，街上人来人往，
竟然有一个雪人栽倒在街上
阳光照射，雪人的刀露了出来
人们见到无不绕道而行
一个在寻觅凌晨星光的少年

把刀捡起来藏在身上往前走

——摘自《雪人》

《雪人》的中心就是雪人和少年之间的隐秘的情感世界。雪人怀着印有星光的刀，在凌晨的街头上流泪，要唤回世人失去的勇气和回忆，以眼泪融化自身。晨曦灿灿发光，繁忙的一天即将开始，雪人倒在了地上。这时"一个在寻觅凌晨星光的少年"把雪人的刀"捡起来藏在身上"往前走。在此少年身怀星光般的梦想登上了"丧失勇气"的世间之路，这样的少年可视为诗人潜在的自我。这首诗，通过雪人与少年的情感世界渲染出童话般甜美而悲戚的意境。

郑浩承先生的诗最大的美学特征，就是以纯情的少年的情感作为铺垫。他一直向寒酸、微薄、不幸、煎熬的人，哀婉地咏唱着怜悯和同情所构筑的童话般的迷幻之音，其音色的共同特征皆源于此。星星、小草、野花、叶子、草虫、白雪、树木的喜悦、悲哀、忧郁，精湛地描绘在诗的画布上。他的诸多诗篇都是如此，以自然的和谐来美化人间的悲哀和悔恨。他的诗篇挑战着伤痕累累、哀婉的历史，却不曾失去纯美的情怀。其纯真的情怀如童心一般，唤醒藏匿于大自然深处的细腻的情感世界。由此可见，诗中主旋律的少年，他的稚气并不是意味着幼儿般的倒退，是充实的成熟。诗人寻回稚嫩的情感，却从看似微不足道的事物中发现和领悟了珍贵、美丽、细腻的生命之鸣响，迈入了富饶的语言天地。

在《孤独，所以才是人》这本诗集里，他仍然以其淳淳的情怀为爱情和孤独的归宿讴歌。尤其在他的诗集《爱吧，死而无憾》中，明显展露出了他对爱的本质及存在原理的感悟，从而升华到了同宇宙交心。他以稚嫩的感悟寻觅人类与自然的关系，也就是爱与孤独的真谛。

诗人之所以能述说着爱，是因为他已经被爱的魔法拿住。爱本来就不是合理的逻辑，爱存在于秩序之外。相逢的一刹那，爱就如同潮水般向他袭来，淹没了他的肉体和灵魂。

第一次见到你
觉得你像是一棵脂松
像是透过交错的松枝

依稀可见的粼粼碧波

第一次见到你
我愿是你最美丽的松果
我愿是你最靠近大海的松枝
我愿是你最柔嫩的松叶

第一次见到你，之后
我才懂得独自一人是无法完美的
我才懂得彼此相爱才是美好的

——《脂松》

　　"第一次见到你"的一刹那，诗人已经成为爱的行为主体。作为诗人被爱的对象，"你"在诗人心中便是"脂松"，便是"粼粼碧波"。你就是美丽而神秘的至高的存在。诗人愿成为"脂松"的一部分，那是"松果""松枝""松叶"。诗人确信自己成为对方的时候，爱才得以实现，而这也是自己最美好的人生之路。正因为这样，他在殷切地述说着"第一次见到你，之后，我才懂得独自一人是无法完美的，我才懂得彼此相爱才是美好的"。

对于诗人而言，爱就是命运的星座。对他来说，"所谓的活着就是爱"，"所谓的爱就是活着"（《尹东柱的〈序诗〉》）。因此，他的爱情观就是他人生的肺腑之言。那么作者要走的爱的路途将会怎么样呢？面对其人生与命运息息相关的如此质问，他却展示着铁轨一般平行延伸下去的状态。

> 一夜，毕生，火车之所以能够奔跑
> 不就是因为基于彼此保持的平行吗？
> 我们与其为成为一体而竭尽全力
> 不如彼此保持平行，让我们的火车奔跑
> 送走了火车，正东津每每孤身留下
> 送走了我们，正东津也不曾流泪
>
> ——摘自《正东津》

铁轨只能是面面相视、彼此思念，却永远不能合二为一，如此悲惨的命运便是其生存之道。当彼此失去维持平行的距离时，就再也听不到列车奔跑时的声响。爱也是如此，存在的只是彼此间不停地眷恋和等待而已，要实现真正的合二为一是不可能的。或许所谓的爱原本就是苦苦地期盼和等待合二为一的过程而已。因此，诗人无奈地述说着"我们与其为成为一体而竭尽全力，不如彼此保持平行，让我们的火车奔跑"。就像"送走了我们，正东津也不曾流泪"一样，要想让爱持久，就有必要经受默然相望、挥手告别。富有诗意的诗人自从"懂得彼此相爱才是美好的"（《脂松》），便在孤独中煎熬着。其实甜美的爱另一面则是苦涩的孤独。爱的热度越高，孤独的阴影越浓。那么与"您"深爱的往昔，难道只是海市蜃楼般吗？就像两个铁轨相交，也只能在非现实的梦幻中实现一样，或许对爱灼热而真切的追忆也只不过是片刻的梦境而已。然而爱的伤痛越大，就对"爱的初念"追忆更加强烈。

唯恐爱的初念被夺走

朝阳升起，也不敢睁眼

唯恐爱的初念被夺走

夕阳落下，也不敢回家

——《初念》

103

　　诗人为珍藏"爱的初念"所付出的艰辛却童谣般地流露出来。童谣是人类内心深处最为坦诚而纯真的情感流露。因此童谣般的诗篇代表的就是诗人最为真切的心语流露。诗人为了长久地感受"爱的初念"，"朝阳升起，也不敢睁眼"，"夕阳落下，也不敢回家"，而焦灼不安。对于富有诗意的诗人，"爱的初念"改变了诗人的命运，这种追忆带给他的痛楚越大，就越会成为无法磨灭的绝对的存在。因此，他对"爱的初念"所珍藏的哀婉的追忆，成为了他内在的动力伴随一生。对他来说，爱成了实现美好生活的绝对前提、生活的全部。爱的萌发不可能合乎逻辑，同样爱的过程也不可能属于逻辑的范畴。爱不停地铺展着遥远的孤独之路，而孤独却是寻求爱的最恳切的动力。

　　朝你慢慢走去

　　你进了山

　　朝你匆匆跑去

　　你进了深山

　　（中略）

路一望无际
鸟儿飞离地面挥洒的眼泪浸湿了路
我顺着眼泪走去
便成了你进山的山谷

——摘自《进山》

　　爱其实是不停的滞待带来的虚无存在。
"朝你慢慢走去"，"你"便慢慢地"进了山"，
"朝你匆匆跑去"，"你"便跑"进了深山"。
所以真实的存在不是爱，而是寻觅爱的遥远
路途。寻觅爱的遥远的路途就意味着遥远的
孤独之行。这条路终结的地方便是被"鸟儿
飞离地面挥洒的眼泪"浸湿的死亡世界。"我
顺着眼泪走去"，最终"便成了你进山的山谷"。
在此成为我化身的"山谷"，是以永远的孤
独和等待凝缩而成的。这般凄然而孤独的归
宿就是起源于"朝着你"的爱。这么看来，
爱和孤独就是相同的。因此，对结婚戒指，
诗人也在哀婉地咏唱着"爱情也伴随着孤独"，
"结婚也随伴着孤独"（《戒指意味着》）。
　　诗人所咏唱的爱因包含着孤独而渗透着
哀婉的阴影，孤独却包含着爱，因而始终喷

发出热气。从这般不合逻辑中，他所得到的爱的启迪，把他的直觉引向了大自然的神秘原理之中。

不要哭

孤独，所以才是人

活着就要忍受孤独

不要徒然等待永远不会打来的电话

下雪就走雪道

下雨就走雨道

黑胸鸫也在芦苇丛瞧着你

上帝也时而因孤独流泪

鸟儿挂在枝头是因为孤独

你呆坐在河边也是因为孤独

山影之所以一天一次来到村中也是因为孤独

钟声之所以在空中缭绕也是因为孤独

——《致水仙花》

这首诗里出现了两个人物。一个人在哭，另一个在安慰。然而他们俩却是一人。一个自我在深感孤独中流泪，而另一个自我追溯着孤独的根源，上演着自己劝慰自己的一幕。

若前者是真实的自我，那么后者就该是艺术性的自我。现在让我们把这首诗的内涵以叙述的形式解析一下。艺术性的自我对真实的自我说，不要守着不响的电话孤独地等待。孤独，所以才是人。总之，活着本身就是一个忍受孤独的过程。但是真实的自我仍然在流泪，他悔恨人生，悲痛交加，伤感万分。这时艺术的自我开口道，别说是人生，就连包罗万象的事物也仍在孤独之中颤栗。鸟儿落在树枝上也好，山的影子一天一次来到村子中也好，钟声响彻云霄也好，皆因孤独。以此看来，"孤独，所以才是人"这一人生命运的定论，同样也会符合于大自然内在的客观原理。基于这样自然的人生之道而参悟出的诗的灵性，透过审美的距离观察事物，所获取的自我艺术来不断改善，因此带有较强的客观性和说服力。

在郑浩承先生的诗中天地，踏进诗歌领域的自然事物，不单是作为抒发诗情感的材料，也是披露着事物的自有属性，进而成为诗歌的主体。也就是说，在他的诗中天地，小草、树木、花朵、昆虫等并不是作为自动木偶存在，而是表现为具有灵魂和个性的生命体。

107

花要落，就会全落吗？

花要落，你连电话都不打？

花落了，我也未曾忘记过你

你深知落花心境

花落时分，孤独的人又何止你一个？

花落了，我也未曾忘记过你

花落的黄昏，我更是饥渴

——《花落的黄昏》

这首诗的主体是"落花心境"。对方不能打电话是因为深受"落花心境"之忧愁的感染，因此诗人在诉说"花落时分，孤独的人又何止你一个"，诗人也受"落花心境"的感化在孤独中煎熬。花以露珠来解渴，并在日月为轴心的大自然节奏中，通过自身不断地调节而形成自然生命。花将会永远消失在这个世上，诗里的人物为此悲哀而难过。人们面对花落感到失落，就像分担兄弟的痛苦一样，也就是落花的心境转嫁到了他们身上。诗人那至洁的情感来自于对大自然的热爱，这使他能读懂大自然的语言并能沟通。诗人时而"搂抱着大树，悄悄地将耳朵贴近"

（《怀念的声音》），时而在想"章鱼被切断的腿在旧塑料碟子上扭动的时候，大海该有多么沮丧"（《为了活章鱼》），时而在述说"若我有个要毕生去实现的愿望……整夜窥视着树木的新婚之夜"（《树木的婚礼》）。郑浩承先生写诗最典型的抒情特征就是纯情温煦，这源于诗人调动了童心般的感悟力，与大自然的音律形成了共鸣。

虽然我的心软弱壳却坚硬
虽然我的壳脆弱心却坚强
如同人不孤独不上路
蜗牛也是不孤独不上路

残月冰如鹅卵石
我的路何时已被小草浸湿
一个人手提着水壶脚踩着晨露
在我前行的路上迎面走来

这是无辜的少年
毫无察觉地踩我而过
或许当我是晨露？

——《蜗牛》

这首诗的主体是蜗牛。整首诗描述了蜗牛在少年脚下生命终结的过程。这一幕酷似植物实验得到的结果，把根茎放进热水里，麦芽用泪水在空白的记录纸上画下永无止境的痕迹。"手提着水壶脚踩着晨露"的少年以细腻的感悟力解读蜗牛的语言，造就了这首诗。毫无疑问，诗中少年就是诗人潜在的自我，在和大自然交流至深的情感。也就是"无辜的少年"的感官与大自然的心声交流。不单是人，还有生死定律下的世间万物，一切的本质就是孤独的情绪。

蜗牛是不是通过死亡解脱了孤独？那么在死亡的世界里就会存在合二为一的爱吗？难道真爱是付出死亡的代价才可以实现的吗？那么活着就是孤独，死亡就是真爱吗？抱着这样的疑问，诗人虽期盼着永恒的合一，可在屡遭挫折的人生铁道上，就如下面这首诗一样陷入了深深的悔恨之中。

跟您同去落花岩时

为何没牵着您的手跳下化为白马江？

跟您同去万丈窟时

为何没有一直走到洞的尽头而抵达西归浦前海？

跟您同去天马塚时
为何没有骑着天马在空中翱翔？

跟您同去感恩寺时
为何没拉着您的手进入感恩寺的石塔里？

跟您同去云住寺
晚霞染红天际时

为何没躺在卧佛的一旁
变成星星偎着您？

——《后悔》

诗中的自我悔恨未能死去。在人生中真爱的合一愈是迟迟不到，未能死的他悔恨就愈加强烈。若跟您一同成为白马江、西归浦前海、天马、石塔、星星，不就造就了永恒的爱吗？爱带来了孤独，孤独又带来了未能死的悔恨。诗人在另一本诗集上宣言"爱吧，死而无憾"，展现出了要实现爱、升华爱的强烈的愿望。这样看来，在爱的法则里，活着本身就是孤独。假如人生就是断绝、分裂、孤立的残缺世界，那么存在于支配人生法则外的死亡——涅槃，则属于持续的集成、合一、混沌的世界。在理性的人生准则中我们无法给爱下定论，也许是因为真爱栖息在未分化的死亡的世界——涅槃。若是这样，孤独的实体就是被死亡世界的真爱用咒语捕获，而瞬间显现于生存世界的片刻？郑浩承先生如同"上路少年"（《上路的少年》）一般，通过细腻的诗意情感与大自然内在的音律共鸣，反复地质问孤独和爱的本质是什么。